花津长短句

蒋家平 著

中国科学技术大学出版社

内 容 简 介

本书为作者在安徽师范大学供职期间所作词的选编,共100首,以蜿蜒于校内的花津河为名。共四个部分,分别以春之华、夏之梦、秋之韵、冬之醉为篇名,为此一阶段对自然、人生、生命的体验和体悟的记录,并配有与文相应的图片,可供诗词爱好者阅读。

图书在版编目(CIP)数据

花津长短句/蒋家平著. —合肥:中国科学技术大学出版社,2022.6
ISBN 978-7-312-05470-9

Ⅰ.花… Ⅱ.蒋… Ⅲ.词(文学)—作品集—中国—当代 Ⅳ.I227.8

中国版本图书馆CIP数据核字(2022)第106346号

花津长短句
HUAJIN CHANGDUANJU

出版	中国科学技术大学出版社 安徽省合肥市金寨路96号,230026 http://press.ustc.edu.cn https://zgkxjsdxcbs.tmall.com
印刷	安徽联众印刷有限公司
发行	中国科学技术大学出版社
开本	880 mm×1230 mm 1/32
印张	3.875
字数	73千
版次	2022年6月第1版
印次	2022年6月第1次印刷
定价	36.00元

自 序

《论语》开篇首句曰:"学而时习之,不亦说乎?有朋自远方来,不亦乐乎?人不知而不愠,不亦君子乎?"宋儒朱熹以之为"入道之门,积德之基,学者之先务也。"我深以为然。人之一生,贵在有所喜好、有所亲近、有所修洁。喜好者,勉力学之,日益精进;亲近者,切磋琢磨,同声共气;修洁者,廓然无累,不愠不躁。此人生之三大要也,得之者可俯仰天地,不愧不怍,其乐无穷矣。此三者,亦我素来之追求,虽不能至,心向往之。

2020年7月,奉调芜湖,入职安徽师范大学,工作在花津河畔,迄来一年又八月矣。日常事务之繁芜冗杂自不必说,幸得同侪互励共济,勉力务进,方得些微进步,令人感念不已,珍视于心。且喜八小时之外,无须为利名、赘事奔走,或徜徉于风光旖旎之花津河畔、十里江湾,或沉浸于古圣今贤之美好情怀、卓识远见,俾客居生活虽有诸多不便,却也怡然自适。犹喜宋词之清新绮丽、恢弘雄放,每一吟诵则欣欣然色喜,跃跃然欲试。遂不揣识见浅陋,时有不登大雅之习作,以记录此一阶段工作之外之人生体验。其间,颇得二三朋友或首肯推赞,或绳愆纠谬,诚为人生之乐事。今汇编成册,名之为《花津长短句》,聊以自赏,并求教方家,亦给客居生活留下特别纪念。

词乃音乐文学,"调有定格,句有定数,字有定声"。较之诗之相对整齐划一,词之呈现形态更为丰富多姿,更显抑扬顿挫、铿然有声之节奏感和韵律美,然则创作难度亦更大,非经深思细悟必然不得要领,终须学而时习方可熟能生巧。于此标准而言,我之习作可谓相去分明,如同霄壤,尚需锲而不舍、持之以恒。

另须说明,因时移世易,诸多汉字字音、字义已有较大变化,给后人填词平添审音辨字之难。窃以为,赏析应知古,创作贵从新。一味尊古,既空费记忆识别之工,亦不合今人阅读习惯,故遣词用韵"师古而不泥古",兼采《词林正韵》《中华通韵》,旨在顺时代潮流,不以古束今。

于宋词中,遇见古圣先贤之雄姿英发、神采飞扬,遇见

自序

文人志士之傲骨柔肠、寂寞惆怅；遇见大漠塞北之金戈铁马、荡气回肠，遇见烟雨江南之千般风情、浅斟低唱；遇见生命之壮怀激烈、豪迈奔放，遇见人生之悲欢离合、几度秋凉；遇见四季之星移斗转、循环往复，遇见人间之陵谷沧桑、名利虚妄……宋词之美，美入骨髓，美入国人之文化基因。王朝早已消逝，宋词则在历史之大浪淘沙中永不褪色，斑斓如画，醉美依旧。

闲时与朋友谈及宋词之美，感慨今人之忙碌与艰辛，无暇进入其超越时空之意境、涵蕴、情感、韵律之美，孰为可惜。朋友慰我曰："无妨！天下赏词之美者代有人出。如此历经千年沉淀而成之绝美文学，岂能湮没无闻，岂会湮没无闻？"

此言深得我心。愿世间更多一些爱词之人，愿世间此般美好皆能长久。

是为序。

蒋家平
2022年3月
于花津河畔

目　录

一　　自序

春之华

○○三　　采桑子·压落梅花
○○四　　踏莎行·东风软
○○五　　南乡子·人间烟火气
○○六　　苏幕遮·梅刚好
○○七　　浣溪沙·立春后连阴
○○八　　诉衷情令·风卷飞花
○○九　　浣溪沙·再访梅花谷
○一○　　忆江南·连阴后放晴
○一一　　蝶恋花·弱柳千丝

花津长短句

〇一二　谒金门·花津柳
〇一三　清平乐·柳岸
〇一四　一剪梅·雨滴空阶
〇一五　小重山·疏雨斜斜
〇一六　临江仙·鸟喧窗明
〇一七　忆王孙·南园柳老
〇一八　青玉案·城南小陌
〇一九　浪淘沙令·海棠半落
〇二〇　南乡子·雨过更清明
〇二一　江城子·天峡
〇二二　踏莎行·雾锁苍峰

〇二三　醉花阴·一架蔷薇乱
〇二四　南歌子·南陌送春
〇二五　鹊桥仙·蔷薇带雨
〇二六　谒金门·春已暮
〇二七　踏莎行·巍岭寻幽
〇二八　一剪梅·别江城
〇二九　浣溪沙·将行自励（集句）
〇三〇　浣溪沙·月似钩
〇三一　行香子·惊蛰日收拾行装
〇三二　行香子·别江湾
〇三三　浣溪沙·独酌（集句）
〇三四　柳梢青·枯柳新芽

夏之梦

○三七　醉花阴·雨过红芍药

○三八　临江仙·浪作自弓腰

○三九　浣溪沙·江湾日暮

○四○　小重山·雁过两三行

○四一　苏幕遮·水东流

○四二　谢池春·六月江南

○四三　苏幕遮·晚凉天

○四四　苏幕遮·暮云收

○四五　醉花阴·半透荷香

○四六　苏幕遮·红蓼岸

○四七　清平乐·江南烟雨

○四八　如梦令·江湾闲步

○四九　鹧鸪天·啁啾野鸟

○五○　蝶恋花·庭院深深

○五一　渔歌子·老街

○五二　忆王孙·红蕖绿草

秋之韵

- 五五 生查子·立秋
- 五六 苏幕遮·幕溪河
- 五七 小重山·游泾县古城墙
- 五八 生查子·蝉啼送暮云
- 五九 醉花阴·草蔓芦深
- 六〇 临江仙·陂塘秋水满
- 六一 浪淘沙令·无问西东
- 六二 忆王孙·秋江暮霭
- 六三 渔歌子·秋雨破秋窗

- 六四 蝶恋花·问秋
- 六五 忆王孙·园中漫步
- 六六 临江仙·秋芦青黄
- 六七 忆王孙·秋江眉月
- 六八 蝶恋花·芦荡深深
- 六九 一剪梅·一抹残霞
- 七〇 浣溪沙·一夜秋风
- 七一 谒金门·秋已半
- 七二 清平乐·土锅柴灶
- 七三 菩萨蛮·浑水河边漫步
- 七四 浪淘沙令·岭上人家
- 七五 鹧鸪天·城南雨霁
- 七六 浪淘沙令·荻芦花
- 七七 忆王孙·意忡忡
- 七八 临江仙·老友小会
- 七九 浣溪沙·落尽秋英
- 八〇 浪淘沙令·秋晚小池塘
- 八一 一剪梅·残荷

冬之醉

○八五　临江仙·访桃花潭
○八六　浣溪沙·丹枫浅醉
○八七　忆王孙·秋色入蓬门
○八八　鹧鸪天·一江残照（集句）
○八九　鹧鸪天·石莲洞森林公园闲步
○九○　一剪梅·太平湖初冬
○九一　采桑子·又饮田家

○九二　鹧鸪天·登天门山
○九三　鹧鸪天·江城冬雨（集句）
○九四　浣溪沙·冬至
○九五　天净沙·梅疏香浅
○九六　浣溪沙·冬夜抒怀
○九七　临江仙·不尽寒云
○九八　一剪梅·细数从前
○九九　浣溪沙·元旦
一○○　捣练子·老菊丛
一○一　采桑子·千片飞霞
一○二　唐多令·庭草怯枯霜
一○三　南歌子·冬近腊月
一○四　采桑子·腊梅
一○五　减字木兰花·岁末
一○六　忆王孙·腊残
一○七　一剪梅·欲吐檀心
一○八　江城子·喜相逢
一○九　浣溪沙·梅花浅淡开

春之华

绿杨烟外晓寒轻，
红杏枝头春意闹。

——宋祁《玉楼春》

采桑子·压落梅花

2022 年 2 月 6 日,周日,年初六。巢湖边徒步,夜来新雪漫天。

湖边枯柳无烟色,孤鹜寒鸦。

野水苍葭,霜草连天感岁华。

三更飞雪侵残梦,压落梅花。

犬吠人家,归掩蓬窗自点茶。

踏莎行 · 东风软

2021年2月7日，晴，周日。巢湖岸边，春意萌发。

枯柳烟疏，残梅香浅，
　愁云散尽东风软。
日高边岸静无人，
　一行白鹭霜空远。

花落花开，云舒云卷，
　横波千里云帆乱。
夜来无梦雨声轻，
　平明窗外娇莺啭。

南乡子·人间烟火气

2021 年 2 月 11 日,多云,周四,除夕。父母家人团聚,其乐融融。

烟笼树苍苍,腊尽冬残两鬓霜。
老去愁来欢意少,心伤,
　　只恐西风侵晚阳。

欢语透东窗,出瓮新醅隔院香。
最是人间烟火气,家常,
　　游子依依念梓桑。

苏幕遮 · 梅刚好

2021 年 2 月 13 日,晴,周六,年初二。匡河看梅花。

鸟飞还,云弄巧,

日瘦晖斜,坡上梅刚好。

吹面东风寒料峭,

百缕千丝,香透青罗袄。

想功名,如露草,

雪压风欺,不畏尘沙扰。

独抱素心天地小,

日换星移,陌上春归早。

浣溪沙·立春后连阴

2022 年 2 月 14 日，多云，周一。
立春后连日阴雨。

陌上春回九日阴，

啁啾野鸟绕空林。

南园不见柳梢新。

几处笙箫元夜近，

满庭梅蕊苦寒侵。

远峰黯黯渐黄昏。

诉衷情令 · 风卷飞花

2021年2月14日,晴,周日,年初三。南艳湖慢跑,误入梅花谷。

江梅初放一坡霞,枯柳破新芽。

依依陌上闲步,夕照老蒹葭。

追往事,似尘沙,乱如麻。

欲言还罢,正倚栏时,风卷飞花。

浣溪沙 · 再访梅花谷

2021 年 2 月 17 日，晴，周三。
再访南艳湖梅花谷。

料峭春寒辟面风，

柳丝未绿小园空。

乱云深处夕阳红。

浊酒须知今日淡，

新梅不似旧时浓。

庐阳城外晚来钟。

忆江南·连阴后放晴

2022 年 2 月 20 日,晴,周日。昨夜满月当空,晨起艳阳高照。

空庭雨,寒意未曾休。

一夜蟾光初入梦,

推门且喜日当头。

林静语斑鸠。

蝶恋花 · 弱柳千丝

2021年2月22日,晴,周一。小公园看柳,又是一年春归。

弱柳千丝池水皱,

淡抹鹅黄,花放梅残后。

二月东风浓似酒,

等闲吹得轻衫透。

燕子归时曾记否?

嫩草新泥,烟色还如旧。

篱畔竹疏观远岫,

庐阳又是春时候。

谒金门 · 花津柳

  2021 年 2 月 23 日,晴,周二。花津河岸观柳。

  花津柳,风扫轻寒入袖。
   夹岸疏帘拂水皱,
    粉淡梅花瘦。

   好是燕回时候,
   春色渐浓似酒。
   不待小园飞絮后,
    海棠红初透。

清平乐·柳岸

2021年3月6日,阴雨,周六。

花津柳岸,枝上莺初啭。
　一树海棠红未半,
　　风落桃花千片。

　几度意兴阑珊,
　又曾梦绕魂牵。
　夜半轻雷乍起,
　魂断烟雨江南。

一剪梅 · 雨滴空阶

2021 年 3 月 11 日,阴雨,周四。细雨飘飘,海棠初绽。

小院苔深柳线摇,

燕子泥新,秾李香消。

海棠初绽捧心娇,

雨洗空阶,泪点朱绡。

一寸愁怀怯酒浇,

才下心头,又上眉梢。

等闲红紫半零凋,

望月亭空,玉漏声遥。

小重山 · 疏雨斜斜

2021 年 3 月 13 日，多云，周六。

疏雨斜斜淡淡风，
杏花零落处、海棠红。
无腔短笛送飞鸿，
念去去、烟柳小庭空。

云散各西东，
南池春水瘦、绿阴浓。
大江东去起残钟，
轻帆过、山远万千重。

临江仙·鸟喧窗明

2021年3月14日,晴,周日。晨起,众鸟啼鸣,春日融融。

鸟喧窗明残酒醒,

城南三月春浓。

一坡烟柳半坡红,

野村风雨妒,片片各西东。

十日樱花喷素雪,

淡洁更有谁同?

奈何韶景转头空,

绕花千百次,不忍看离鸿。

忆王孙·南园柳老

2021年3月17日,阴,周三。

南园柳老海棠春,

几度飞花几度云。

烟雨残霞昼已昏。

黯销魂,

一阙新词酒一樽。

青玉案 · 城南小陌

2021 年 3 月 20 日,多云,周六。

城南小陌春将半,
　暮烟散、莺声乱。
雨打海棠红已浅,无端愁绪,
　中情难减,目送双飞燕。

归来独把梨花盏,
　一曲清商旧庭院。
何日系舟杨柳岸,水遥天阔,
　烟收云卷,一梦江湖远。

浪淘沙令 · 海棠半落

2021 年 3 月 27 日,多云转小雨,周六。

人静小园空,雨歇云浓。

凭栏空对半山红。

杜宇一声三月暮,落日斜风。

春去乱芳丛,翠雾千重。

海棠落尽暗帘栊。

一盏新茶书一卷,无问西东。

南乡子·雨过更清明

2021年4月4日,晴,周日,清明节。回乡探亲、祭扫。

雨过更清明,

嫩绿鹅黄半落英。

三十六年弹指过,流萍,

梦里依稀泪满盈。

春意满阶庭,

有酒何妨为我倾。

正是韶光酣月暮,莺鸣,

半掩柴门懒送迎。

江城子 · 天峡

2021 年 4 月 12 日,多云,周一。
忆岳西天峡之游。

龙门山色正葱茏,淡烟峰,杜鹃丛。

一岭云霞,万翠吐千红。

目断云山多少路,春已半,却匆匆。

通天飞瀑泻当空,撼乔松,自从容。

往事前程,流水各西东。

却赋新词听旧曲,将进酒,夕阳中。

踏莎行·雾锁苍峰

2021年4月14日,多云,周三。忆佛子岭水库泛舟。

雾锁苍峰,浪惊柳岸,

 轻舟十里烟尘远。

 沧波岩壑几千重,

 幽篁深处闲庭院。

雨燕双飞,流莺百啭,

 一年又是山花乱。

 心如倦鸟出樊笼,

 更持杯酒催弦管。

醉花阴·一架蔷薇乱

2021 年 4 月 16 日，晴，周五。

紫陌红尘春渐晚，
　　粉堕空阶满。
三月鹧鸪啼，雨后轻寒，
　　曲罢蛩声断。

欲笺心事临窗懒，
　　一架蔷薇乱。
莫道月初弦，分外清光，
　　不忍钩帘看。

南歌子·南陌送春

2021年4月20日,多云,周二。谷雨,春之末也。

碧水摇庭树,青山敛黛眉。

千红零落燕双回,

柳下池边、一架粉蔷薇。

老圃飞黄蝶,深林乱子规。

新茶一盏作新醅,

南陌送春、煮酒却同谁。

鹊桥仙 · 蔷薇带雨

2021 年 4 月 21 日,小雨,周三。蔷薇花开。

莺啼岸柳,云迷高树,

　一架蔷薇带雨。

鹧鸪声里日西斜,

　不忍看、华庭春暮。

东溪绿涨,南池萍绿,

　花落年年如故。

欲归茅舍起炊烟,

　好做个、渔樵门户。

谒金门 · 春已暮

2021 年 5 月 1 日,晴,周六。

春已暮,
凋落残红无数。
影乱纱窗愁几度,
莺啼池边树。

一夜风狂雨注,
洗净世间尘土。
闲看空阶飞乱絮,
策杖归园圃。

踏莎行 · 巍岭寻幽

2021年5月5日,晴,周三。忆岳西石关、巍岭、天峡之游。

巍岭寻幽,石关访户,

云封雾锁天峡路。

千山叠嶂日初霞,

万溪奔泻斜阳暮。

雨打梧桐,虫鸣溪渡,

一杯浊酒怀今古。

人间四月尽芳菲,

杜鹃吐蕊留春住。

一剪梅·别江城

2022年2月26日,晴,周六。获悉即将奉调蚌埠,辗转难眠。

柳未舒黄草未芽,

鹊闹枝头,扑落梅花。

沙寒水浅画桥横,

孤鹭飞空,还著枯槎。

远上珠城又一家,

转眼知交,人各天涯。

千帆过尽日西斜,

且待归来,敲火烹茶。

浣溪沙 · 将行自励（集句）

2022年2月27日，晴，周日。春来也，草泛青，喜鹊叫，吹面东风不作寒。

万里江湖一叶身（明·德 祥），
辞家重作渡江人（清·许 旭）。
犹将谈笑对风尘（唐·鲍 防）。

堤柳未归新气象（宋·朱南杰），
疏枝犹带旧精神（元·萨都剌）。
又逢贤杰继芳尘（宋·吕 陶）。

春之华

浣溪沙 · 月似钩

2022年3月3日,晴,周四。将离别。

老树梢头月似钩,

阳关一曲水空流。

春寒翦翦怯登楼。

为问花津河畔柳,

可知一别似三秋。

不堪雁去动离愁。

行香子·惊蛰日收拾行装

2022 年 3 月 5 日，晴，周六，惊蛰。

微雨初晴，淡淡新阳，

　几声村笛散梅香。

　草方抽叶，柳渐舒黄。

想花儿醉，蜂儿乱，蝶儿狂。

夜来酒醒，偏闻残漏，

　蚤知孤客鬓如霜。

　勾销千绪，检点行囊。

且迎春归，忧春尽，趁春忙。

行香子·别江湾

2022年3月5日，晴，周六，惊蛰。江湾徒步，春风暖阳，行人攘攘。

江柳初芽，江鹭双双，

江干野渡又斜阳。

离离春草，澹澹陂塘。

看天无穷，地无尽，水无央。

从今一别，花开两处，

素知归去易嗟伤。

莫如老拙，聊作疏狂。

对座中客，樽中酒，话中肠。

浣溪沙·独酌（集句）

2022年3月6日，阴，周日。冷云密布，乍暖还寒。

醉别江东酒一杯（唐·罗　隐），

故山回首梦依微（清·谈印梅）。

暄风吹尽北枝梅（宋·晏几道）。

满目山河空念远（宋·晏　殊），

半生劳碌已知非（清·马羲瑞）。

无端杜宇唤春归（清·王时翔）。

柳梢青·枯柳新芽

2022年3月7日，晴，周一。
春意盎然，柳树发芽。

枯柳新芽，老梅红褪，鸟雀争哗。
春水涵波，平桥斜度，鹭立汀沙。

等闲绿满窗纱，恐落尽、桃花李花。
潮去潮来，江南江北，一棹天涯。

夏之梦

柳外轻雷池上雨,
雨声滴碎荷声。
——欧阳修《临江仙》

醉花阴·雨过红芍药

2021年5月8日,晴,周六。初夏,花津河畔生机盎然。

五月香残深岸草,

　　雨过红芍药。

　　倚柳对斜阳,

淡淡烟光,池满蛙声闹。

李桃结子春归早,

　　漏断人空老。

　　一夜水亭风,

绿盖新荷,又露尖尖角。

夏之梦

临江仙 · 浪作自弓腰

　　2021 年 5 月 9 日，晴，周日。
看大江东去，芦荻青青。

　　十里蒹葭生绿雾，
　　　鸠兹江上舟摇。
　　轻鸥争与远峰高，
水连罗曼草，浪作自弓腰。

　　稻未扬花天已暑，
　　　一篱黄菊枯焦。
　　知无新雨洗尘嚣，
方舡多载酒，林下访渔樵。

浣溪沙 · 江湾日暮

2021 年 5 月 14 日,晴,周五。

半落斜阳半落花,
半飞鸥鹭半飞葭。
半江瑟瑟半江霞。

野渡林疏归倦鸟,
陂塘水浅噪鸣蛙。
半宜书剑半宜茶。

小重山 · 雁过两三行

2021 年 5 月 26 日,阴雨,周三。

独爱江皋浴晚凉,

潮平帆影疾、笛声长。

风摇岸柳暝苍苍,

黯淡处、红蓼旧池塘。

雁过两三行,

愁怀千万缕、漫嗟伤。

一番新雨自宫商,

烟岫里、云水两迷茫。

苏幕遮·水东流

2021 年 5 月 30 日,晴,周日。夕阳西下,大江东流。

水东流,山影淡,

点点归帆,夕照中江岸。

双雁入云声渐远,

玉塔千寻,几度风铃乱。

画桥旁,萍叶满,

倦鸟栖林,蝉噪汀洲晚。

一任江湖风浪卷,

暮鼓声消,月上重云散。

谢池春 · 六月江南

2021 年 6 月 1 日,晴,周二。

六月江南,暑涨葛衣初换。

夕阳迟、花津柳岸。

暗香微动,有荷擎书卷。

数点红、叶繁波浅。

秋千架下,两两呢喃贞燕。

戏鱼惊、轻弹水面。

云收月上,对银河星汉。

夜微凉、絮随风散。

苏幕遮 · 晚凉天

2021 年 6 月 13 日，阴雨，周日。

晚凉天，南陌路，
独倚阑干，几阵黄梅雨。
一寸新愁无寄处，
半予修篁，半予芭蕉树。

小庭空，风约住，
漫卷诗书，烟梦连吴楚。
酒醒忽闻新燕语，
半入纱窗，半入蒹葭浦。

苏幕遮 · 暮云收

2021 年 6 月 14 日,晴,周一,端午节。江边闲步。

暮云收,波影乱,

双鹭斜飞,草色连天远。

江树阴阴江水满,

梅子黄时、蒲老中江岸。

展愁眉,舒困眼,

千古悲凉,弹指浮云散。

一棹归来渔唱晚,

新月如弓、涛起疏钟断。

醉花阴·半透荷香

2021年6月20日,晴,周日。

半透荷香初过雨,
　　绿暗长亭路。
　　双鹭立陂塘,
浅草鸣蛙,鱼戏萍开处。

画帘欲卷听莺语,
　　淡霭闲庭户。
　　此际最销魂,
向晚时分,月上青山暮。

苏幕遮·红蓼岸

2021年6月27日,阴雨,周日。

碧云天,红蓼岸,

夕照芦滩,风过荷香浅。

一曲新声听未半,

鱼戏萍翻、乍起双飞雁。

夜无央,帘不卷,

聊取诗书,不患蓬山远。

肯把浮荣随意换,

醉里凭阑、却入深庭院。

清平乐·江南烟雨

2021 年 7 月 3 日,雨,周六。客居江城一周年。

江南烟雨,

斜扫花津路。

莲朵无香空相顾,

红蓼一丛如雾。

无语独对朱蕉,

一双湿燕归巢。

忆得去年今日,

暮云江上舟摇。

如梦令·江湾闲步

2021 年 7 月 9 日，晴，周五。

独爱江湾闲步，

误入平桥野渡。

风乱荻花洲，

寥寂却寻归路。

且住，且住，

又见残霞孤鹜。

鹧鸪天 · 啁啾野鸟

2021 年 7 月 11 日,晴,周日。有鸟一窝安家于居处之顶棚,喧闹异常。感而作。

晨晖一抹上西墙,

啁啾野鸟醒蓬窗。

小雏待哺巢中闹,

老雀归飞款语长。

新雨后,按宫商,

荷香暗度小池塘。

何妨觞咏中江月,

且认他乡作故乡。

蝶恋花 · 庭院深深

2021 年 7 月 19 日，阴有小雨，周一。

庭院深深深几许，

蔓草低眉，一缕蕖香度。

竟日流连花好处，

夜深不肯垂帘幕。

郭外奔雷池上雨，

泪湿芭蕉，苔絮生无数。

燕子低飞来又去，

檐廊小立闻莺语。

渔歌子·老街

2021年7月29日,晴,周四。应邀授课,闲暇时游屯溪老街。

远岫青苍抱新安,

宋街熙攘已千年。

穿绮户,数飞檐,

却入老巷问酒帘。

忆王孙 · 红蕖绿草

2021 年 8 月 5 日,晴,周四。校园闲步。

红蕖绿草小池塘,

风送蝉声入午窗。

老树空庭绿满墙。

语双双,

燕子归飞绕画梁。

秋之韵

只有一枝梧叶,
不知多少秋声。
——张炎《清平乐》

生查子·立秋

2021年8月7日，晴，周六，立秋。

秋来暑未阑，蝉唱声犹远。
雨过晚英残，风送荷香散。

空庭数鹊归，柳榭闻箫管。
日下卷疏帘，夜寂收湘簟。

苏幕遮·幕溪河

2021年8月16日,阴,周一。泾县,幕溪河公园晚步。

幕溪边,深蔓草,

云暗天低,野岸秋英老。

欲破愁肠须一笑,

雨打芭蕉,半湿城南道。

按宫商,扶旧调,

鹭起汀沙,一点青山小。

几度阴晴昏又晓,

踏皱残花,晚径无人扫。

小重山·游泾县古城墙

  2021年8月17日,多云,周二。青弋江边,沿古城墙漫行。

  雨歇空郊天莽苍,

  看流云逝水、向斜阳。

  砧声敲拍旧城墙,

  颓垣下、蔓草半枯黄。

  汉晋又隋唐,

  留残山剩水、写沧桑。

  乱蛮一夜语蓬窗,

  难入梦、无处觅千觞。

生查子 · 蝉啼送暮云

2021 年 8 月 26 日，多云，周四。

蝉啼送暮云，蛩语催更漏。
夏簟起新凉，秋月临疏牖。

沧波空自流，世事长如旧。
杯底酒无多，镜里容颜瘦。

醉花阴·草蔓芦深

2021 年 8 月 28 日，多云，周六。

草蔓芦深池水皱，

雨暗青山瘦。

篱下乱蛩啼，

自古销魂，最是黄昏后。

一帘秋意浓于酒，

翠滴青罗袖。

萸紫菊黄时，

帘卷西风，吹断残更漏。

临江仙·陂塘秋水满

2021 年 8 月 29 日,晴,周日。

绿暗陂塘秋水满,
　凭栏目送归鸿。
　等闲半世若飘蓬,
秋风吹酒醒,又是夕阳红。

江海苍波前路远,
　小舟任尔西东。
　悲欢愁恨古今同,
塔头檐马乱,不复响禅钟。

浪淘沙令 · 无问西东

2021 年 8 月 31 日，晴，周一，高温。

暑退晚云红，淡淡荷风。

河边篱落唱秋虫。

一曲乡歌听未了，月上帘栊。

欲饮酒樽空，蹙皱眉峰。

一江烟水寄萍踪。

且赋新词纾百绪，无问西东。

忆王孙·秋江暮霭

2021 年 9 月 2 日,多云,周三。

秋江暮霭起归鸿,

舟卧轻涛息晚蛩。

铁马叮叮乱塔钟。

满金觥,

只道相逢一梦中。

渔歌子·秋雨破秋窗

2021年9月2日,周三。晚,一场秋雨。

秋风秋雨破秋窗,

荷花荷叶动荷香。

人不寐,夜无央,

秋笛一曲九回肠。

蝶恋花·问秋

2021 年 9 月 5 日，多云，周日。

江岸秋深深几许？

渐老芙蓉，潮落秋江浦。

汽笛一声秋日暮，

烟波千里迷秋鹜。

莫对秋霖空自苦，

野菊连丛，香尽秋蓬处。

秋雁南飞鸿在渚，

去留不作悲秋赋。

忆王孙·园中漫步

2021 年 9 月 8 日,晴,周三。

东皋秋草半青黄,

柳岸芙蓉初试妆。

鱼戏秋荷散藕香。

又新凉,

归雁才飞三两行。

临江仙 · 秋芦青黄

2021 年 9 月 10 日,晴,周五。
夕阳西下,芦荻苍苍。

秋雁去来知几度?
秋芦又是青黄。
秋声一片送斜阳,
秋蛩空自语,秋月唤新凉。

秋树森森江水满,
秋思恰似风狂。
等闲秋露渐成霜,
秋歌须对酒,秋梦绕枫窗。

忆王孙 · 秋江眉月

2021年9月11日，晴，周六。江湾晚步。

秋江眉月送新凉，
夹岸枯荻带早霜。
蛩语声声欲断肠。
短篱旁，
独爱秋风菊自香。

蝶恋花 · 芦荡深深

2021 年 9 月 12 日,晴,周日。傍晚,江湾,残阳如血。

芦荡深深深几许?

红蓼摇风,乍起双双鹭。

一抹残霞犹半吐,

水深不见连江路。

秋鬓新霜君莫数,

旧曲新词,尽是秋声赋。

眉月一钩杨柳渡,

当时踪迹无寻处。

一剪梅·一抹残霞

2021 年 9 月 14 日，晴，周二。江湾夕阳。

一抹残霞一缕风，

一派秋烟，一带芦丛。

一双江鹭上秋空，

一唱离愁，一诉情衷。

半世飘萍半梦中，

半卷枯荷，半染丹枫。

半规凉月暮云重，

半卷诗书，半举瑶钟。

浣溪沙·一夜秋风

2021年9月20日,晴,周一。中秋前夕。

不羡朱门万户侯,

奈何常为子孙忧。

堪堪华发镜中秋。

一夜秋风吹北牖,

十分桂魄过西楼。

更阑不忍落帘钩。

谒金门·秋已半

2021年9月24日,晴,周五。

秋已半,风动鹭飞日黯。

　十里江湾芦叶乱,

　　野渡闻箫管。

　眼底云舒霞卷,

　笔下星疏月淡。

　最是一年秋色满,

　　夕阳红似染。

清平乐 · 土锅柴灶

2021年10月1日,晴,周五,国庆日。回乡探望父母。

土锅柴灶,煎煮炸蒸炒。

草径荒园迟客到,

犬吠鸡鸣猫叫。

门下碎语桑麻,

井上闲话田家。

把酒好为亲寿,

归去且待烹茶。

菩萨蛮·渭水河边漫步

2021 年 10 月 6 日,阴,周三。

一川烟笼长汀暮,

乱蓬枯蓼双飞鹭。

秋雨透秋衫,几回还倚栏。

何须嗟逝水,但得千杯醉。

秋老艳芙蓉,庭深芳桂丛。

浪淘沙令 · 岭上人家

2021 年 10 月 8 日,阴,周五。
忆霍山小尖子山桃李河村古茶园之行。

乘兴远尘沙,九曲云崖。
涧旁篱落蔓秋花。
呼酒争酬浇肺腑,岭上人家。

论水又观茶,休恋浮华。
苍烟不尽渺无涯。
归去万山秋叶暗,片片残霞。

鹧鸪天·城南雨霁

2021 年 10 月 17 日，晴，周日。万里无云，秋光正好。

城南雨霁净秋空，

啾啾寒鸟乱乔松。

秋阳斜照秋英圃，

秋草分香丹桂丛。

忆往事，去无踪，

任他流水大江东。

漫山遍野红黄后，

抱膝拥炉又一冬。

浪淘沙令 · 荻芦花

2021 年 10 月 21 日,晴,周四。
江湾观晚霞。

万簇荻芦花,秋水无涯。

断鸿声里没残霞。

一叶空舟横野渡,鹭起汀沙。

诗酒忘年华,巷陌人家。

三秋桂子作新茶。

不患蓬山千里远,浪引浮槎。

忆王孙 · 意忡忡

2021 年 10 月 24 日,晴,周日。

声声寒雁度晴空,
缕缕天香浮桂丛。
一寸秋怀似酒浓。
　　意忡忡,
几度凭栏淡霭中。

临江仙·老友小会

2021 年 10 月 28 日，晴，周四。老友来芜，何其乐也。

日暮江湾秋水满，
几行雁度秋空。
半天残照半江红，
白蘋红蓼岸，桂渚老芙蓉。

我欲寻秋秋已老，
秋声又动芦丛。
一壶浊酒话萍踪，
盈盈衣带水，别去各西东。

浣溪沙 · 落尽秋英

2021 年 10 月 31 日,晴,周日。

落尽秋英又一年,

淡烟疏雨几层天。

重歌旧曲又新篇。

一树丹枫红似血,

几声寒雁夜无眠。

去年此日正婵娟。

浪淘沙令 · 秋晚小池塘

2021 年 11 月 2 日，晴，周二。

秋晚小池塘，又落斜阳。
残荷枯卷水无香。
一抹秋烟寒意满，秋雁成行。

一盏破愁肠，枉费思量。
秋枫不解暮秋霜。
到得冰封飞雪后，孤客还乡。

一剪梅·残荷

2021 年 11 月 4 日，晴转多云，周四。

一片秋声万叶凋，

白了芦梢，老了芭蕉。

残荷一夜任风刀，

叶也疏萧，梗也枯焦。

何日相逢持蟹螯，

一盏村醪，一曲离骚。

流光过隙退秋潮，

独立江皋，归问渔樵。

冬之醉

袖手看飞雪，
高卧过残冬。

——张元干《水调歌头》

临江仙 · 访桃花潭

2020 年 11 月 15 日,周日,晴。
访桃花潭,晨雾难散。

崖下深潭寒雾起,
　依稀老树枯藤。
　欲闻岸上踏歌声,
空山人不至,野渡客舟横。

　物换星移秋几度,
　桃花又笑春风。
　千年酒肆万家灯,
相逢多雪发,一笑慰余生。

浣溪沙·丹枫浅醉

2021年11月16日,晴,周二。花津河畔得句。

枯木苍藤竹径斜,
芙蓉落尽老兼葭。
丹枫浅醉似春花。

幸有新词堪换酒,
又将秋水试烹茶。
风惊白鹭破残霞。

忆王孙·秋色入蓬门

2021 年 11 月 20 日,晴转阴,有雨,周六。

一天秋色入蓬门,

满目红黄各浅深。

独守空心不染尘。

酒三巡,

寒鸟啁啾不忍闻。

鹧鸪天·一江残照（集句）

2021 年 11 月 25 日，晴，周四。

一江残照落霞红（宋·曹　勋），
远山眉黛晚来浓（宋·李　结）。
荷衰萍老芦花白（元·姬　翼），
筑起愁城几万重（明·商景兰）。

一同笑，饮千钟（宋·晏　殊），
人生长恨水长东（金·元好问）。
可怜摇落西风里（宋·张　耒），
却倩孤松掩醉容（宋·杨万里）。

鹧鸪天 · 石莲洞森林公园闲步

2021 年 11 月 26 日，晴，周五。

淡月半斜挂晴空，
苍山枫落伴泥红。
凡尘羁绊才抛却，
及我来时秋已冬。

寻野径，入深丛，
知无前路亦从容。
深潭寂寂无人语，
寒鸟啾啾归意浓。

一剪梅·太平湖初冬

2021年11月30日,晴,周二。记双休日太平湖之行。

湖上烟波十月寒,

一叶扁舟,一抹云山。

荒滩鹭起夕阳斜,

芦荻枯焦,枫叶凋残。

晓雾未开霜满天,

侧耳听风,无语凭栏。

一杯村酒未成欢,

流水高山,不似当年。

采桑子·又饮田家

2021年12月1日,晴,周三。江湾观晚霞。

江湾四顾无人迹,日暮残霞。

风卷汀沙,寒鹭低飞乱荻花。

枯肠搜遍无佳句,拨火烹茶。

又饮田家,忘却苍苍两鬓华。

鹧鸪天 · 登天门山

2021 年 12 月 11 日,大雾,周六。与老友同游天门山。

万里霜天一眼收,

千年梵刹对江流。

风凋枯叶满山径,

雾笼江干不系舟。

叙往事,展眉头,

为君池畔启金瓯。

天门中断今犹是,

碧水东流未肯休。

鹧鸪天·江城冬雨（集句）

2021年12月16日，小雨，周四。

一竿云影一潭烟（唐·德　诚），

细风疏雨鹭鸶寒（宋·贺　铸）。

纷纷黄叶飘庭际（宋·释惟一），

老雁一声霜满天（宋·詹体仁）。

浓淡笔，短长篇（宋·申　纯），

岂容华发待流年（唐·柳宗元）。

一杯能变愁山色（宋·朱敦儒），

卖酒楼头听管弦（宋·黄　庚）。

浣溪沙 · 冬至

2021 年 12 月 21 日,晴,周二,冬至。

枫叶凋残柳叶黄,

东篱菊瘦带枯霜。

江城寒月半侵窗。

自此日长添一线,

已知春信透梅香。

当歌对酒任疏狂。

天净沙·梅疏香浅

2020 年 12 月 22 日，周三，晴。

荷枯草病冬残，

月孤枫老霜严，

雁叫鸦飞雀乱。

梅疏香淡，

已觉烟雨江南。

浣溪沙·冬夜抒怀

2021年12月24日,阴,周五,大风降温。

吟罢新词夜未央,

疏帘欲卷漏声长。

满庭残叶带吴霜。

老去耻为声利客,

归来偏羡捕渔郎。

冬云阵阵满穹苍。

临江仙·不尽寒云

2021 年 12 月 26 日，晴，周日，降温。

不尽寒云催日短，
江滩凛凛霜风。
又闻断雁两三声，
苍芦连岸草，江柳伴枯蓬。

忽见小舟依渡口，
苇间何处渔翁？
天低野旷晚空濛，
路穷无觅处，一笑大江横。

一剪梅·细数从前

2020年12月29日,雪,周二。新雪漫天,夜半朗月当空。

月朗星稀雪后寒,

云淡天高,更远冬残。

披衣夜半独凭栏,

目尽层楼,望断空山。

车马纷纷尘世间,

一种喧声,两处忧烦。

江长水阔昼如年,

闲检诗篇,细数从前。

浣溪沙 · 元旦

2022 年 1 月 1 日,多云转晴,星期六。

客里光阴又一年,
汀洲荻老暮云天。
一声汽笛破寒烟。

尘事频催蓬鬓雪,
孤怀独抱任浮喧。
且听渔父两三篇。

捣练子·老菊丛

2022年1月4日,多云转阴,周二。小公园观枯蓬。

霜叶地,老菊丛,

剩蕊残香梦未终。

锦绣年华如水逝,

乱云过眼几枯荣。

采桑子 · 千片飞霞

2021年1月6日，周三，阴。偶遇桃花潭边人，欲春后再访。

潭边曾记攀援路，雾笼轻纱。
犹在天涯，隔岸深林无酒家。

春来烟雨桃花渡，千片飞霞。
一盏新茶，燕子回时泥径滑。

冬之醉

唐多令·庭草怯枯霜

2022年1月11日,多云,周二。

庭草怯枯霜,阶竹叶叶黄,
　又小寒、微雨敲窗。
　独倚阑干衫袖冷,
　枫枝瘦、腊梅香。

缓步绕回廊,孤怀徒自伤,
　岁华迁、空费思量。
　欲买方舡多载酒,
　终不复、少年狂。

南歌子·冬近腊月

2021年1月12日,晴,周二,冬月二十九。

独步黄昏后,天寒吹面风。

江湾十里水连空,

忍看丹枫落尽、剩泥红。

不见梅疏影,幽香四处浓。

几时飞雪酒千盅,

浇尽闲愁千缕、过残冬。

采桑子·腊梅

  2022年1月16日,晴,周日。校园寻梅,得十数株。

闲庭冷落斜阳里,疏影横窗。
且伴冬霜,点点檀心点点芳。

孤高不喜千娇态,厌作浓妆。
只把幽香,皴染春前细柳黄。

减字木兰花·岁末

  2022 年 1 月 23 日,阴有小雨,周日。一年将尽,且待归去迎春。

  寒枝摇落,漠漠苍烟铺水墨。

  雨过云浓,梅萼舒香破小红。

  鸟喧人静,溪路无人霜树冷。

  归洗蓬尘,一盏银灯照苦辛。

冬之醉

忆王孙·腊残

2022年1月25日,阴,周二,腊月二十三。寒假,公园赏梅,老友置酒相唤。

一年又是腊残时,

南陌新梅压旧枝。

几树寒香染袖衣。

未成诗,

且入边街觅酒旗。

一剪梅·欲吐檀心

2022年1月28日,阴,周五,腊月二十六。匡河梅园,梅花才放三五枝。

落落寒枝淡淡妆,

欲吐檀心,却又彷徨。

朔风一夜卷庐阳,

且待春归,不惮严霜。

细雨纷纷曲水旁,

脚下残泥,袖里余香。

谁家三弄透轩窗,

断续松声,隐约莺簧。

江城子 · 喜相逢

　　2021年1月31日，多云，周日。霍山行，宿陡沙河温泉小镇、月亮湾作家村。

陡沙河浅画桥东，晓烟浓，远山重。

流水行云，雁叫北来风。

不畏路遥三百里，难得又，喜相逢。

一溪引上太阳冲*，乱山中，景非同。

华发苍颜，遥对夕阳红。

欲饮新醅歌一曲，多少事，且从容。

*太阳冲，月亮湾作家村所在的东西溪乡附近的一个小山冲。

浣溪沙·梅花浅淡开

2022年1月30日,周日,辛丑年除夕前一日。访南艳湖梅花谷。

一谷梅花浅淡开,

园翁笑我自徘徊。

但忧零落委苍苔。

为问孤山何癖爱,

只缘襟腑断纤埃。

风摇疏影暗香来。